어르신을 위한

동화 세상

어르신을 위한
동화 세상 상

원종성 · 오형숙 공저

좋은땅

💜 출간 인사 💜

어릴 적 시골집에서 외할머니가 들려주시던 옛날이야기~

이불 속에서 듣던 할머니의 옛날이야기는

나에게 꿈과 희망을 심어 주었고,

나는 주인공의 흉내를 내어 보기도 하고

나도 어른이 되면 주인공처럼

훌륭한 사람이 되겠다고 다짐도 해 보았다.

동화(童話)는

어린이를 위하여 동심(童心)을 바탕으로 지은 이야기로서,

재미를 추구하기도 하고, 아이들에게 교훈을 주는 이야기이지만,

성숙한 어른에게도 훌륭한 역할을 하고 있다.

짧은 시간 내에 쉽게 읽을 수도 있기 때문에,

어린이 동화는 나이 많은 노인에게도

인지능력 향상, 치매 예방 도구로 활용되고 있다.

그러나, 안타까운 점이 있다.

어린이 동화(童話)는

미래의 꿈과 희망을 심어 주는 방향으로 설정되어 있어,

나이 많은 노인에게는 이해하기 어렵거나

황당한 부분이 적지 않다.

어르신에게 들려주는 이야기는

어린이 동화처럼 꿈과 희망을 심어 주기보다는

어르신들이 지나온 과거를 회상하고

아름다운 추억을 떠올리게 하는 것이 바람직할 것이다.

지금의 편리하고 풍요로운 시대가 있기까지는

위 세대의 많은 피와 땀이 있었음을 부인할 수 없을 것이다.

다음 세대에 바통을 넘겨주는 과정 속에서

젊은 세대는 어르신들이 편안하게 지낼 수 있도록 보답해야 할 것이다.

어르신들에게 남겨진 시간 동안

아름다웠던 추억을 되새기게 해 드리고,

그들의 눈높이에 맞춰 공감 어린 소통을 해야 한다.

따라서, 저자는 이 책을 시작으로 '어르신 동화'라는 길을

개척해 보고자 한다.

어린이 동화(童話)가 꿈과 희망과 상상력을 심어 준다면

어르신 동화(憧話)는 지난날의 추억을 회상하게 하고

남은 여생을 아름답게 마감할 수 있는 여건을 조성해야 한다.

그리하여,

저자는 어린이 이야기를

어린이(童/동)의 동화(童話)라고 부르고 있다면,

어르신 이야기에 대해서는

그리울(憧/동)을 넣어 동화(憧話)라 칭하고자 한다.

어르신에게 필요한 어르신 동화(憧話)를

어린이 동화(童話)로만 대체하려 한다면

지금까지 우리를 보살펴 주신 세대에 대한 예우가 아닐 것이다.

저자는

어르신과 관련된 연구 개발과 사업을 약 25년간 운영하면서

새로운 문학 장르 '어르신 동화(憧話)'를 일구어 보고자 한다.

본서에서 저자가 드리는 어르신 동화(憧話)로 하여금

어르신들의 남은 삶이 아름답게 꾸며지는 데

조금이나마 도움이 되길 바란다.

2024년 이른 봄

목차

말하는 지팡이

원두막

한양에서 오십리 정도 떨어진 곳에 주막이 하나 있었습니다.

물이 맑고 바람도 시원하여

한양 가는 길손이 자주 묵고 가는 주막입니다.

이 주막에는 일하는 영식이는 아버지가 일찍 돌아가시어

홀어머니를 모시고 있었습니다.

일손이 부족하여 홀어머니가 부엌일을 도맡아 하시는

모습이 너무도 안타까웠습니다.

하지만, 매일 잠이 들기 전에

어머니의 발을 닦아 드리는 효심이 가득한 아들이었습니다.

환갑을 넘어선 홀어머니는

점차 허리가 구부러지고 발목이 부어 걷기가 힘들어졌습니다.

영식이는 홀어머니를 위해

지팡이 하나를 만들어 드리기로 다짐했습니다.

"이 세상에서 가장 튼튼하면서도

가장 가벼운 지팡이를 만들어 드리자."

영식이는 주막 입구에

단단하기로 유명한 '명아주'라는 나무를 심었습니다.

아침저녁으로 물을 주며 눈을 감고 기도를 했습니다.

"네가 우리 어머니 손발이 되어 주렴."

"내가 못 한 말벗도 되어 주면 좋겠다."

드디어 늦은 가을날,

허리춤까지 자란 명아주를 자르는 날이 왔습니다.

아들 영식이는 이상한 꿈을 꾸었습니다.

꿈속에서

명아주가 영식이에게 절을 하며 이야기했습니다.

"당신의 효심에
감동했습니다."
"나 같은 지팡이에게
말벗까지 해 주길 바라시니
그대의 소원을 들어주겠습니다."
"다만, 3년마다 한 개의 소원을
들어줄 것이며,
다른 사람에게 넘어가면
소원은 반대로
이루어질 것입니다."

"이 점 꼭 명심하여 남에게 주지도 말고
남에게 빼앗겨서도 아니 됩니다."

영식이는 명아주에게 감사 인사를 하고
홀어머니를 위해
정성껏 다듬어 지팡이를 만들었습니다.

영식이 어머니는

"네가 만들어 준 지팡이는

던져도 깨지지 않고 매우 가벼워서 마음에 꼬옥 든단다."

"허리도 펴 주고 가벼워서 힘도 안 들고,

더 이상 바랄 게 없구나."

어머니는 아들이 너무 고마웠고

동네 사람들에게도 자랑을 했습니다.

그러나, 한 해, 두 해가 가면서 어머니는 키가 작아지고

허리도 좀 더 구부러졌습니다.

그래서, 어머니는 지팡이 손잡이를 잡지 못하고

지팡이 허리춤을 잡고 걸었습니다.

이를 바라본 아들 영식이는 지팡이를 자르려고 했습니다.

순간, 명아주가 꿈속에 나타나서

3년마다 들어준다 했던 소원이 생각났습니다.

지팡이를 만든 지 3년이 되는 날,

영식이는 지팡이를 바라보며 기도를 올렸습니다.

"우리 어머니 허리가 더욱 구부러졌습니다."

"지팡이가 길어서 어머니가 위험합니다."

"어머니 키에 맞게 조절해 주세요."

다음 날,

지팡이에게 신기한 일이 벌어졌습니다.

어머니가 제일 편하게 걷도록

지팡이 크기가 자동으로 변하는 것입니다.

어머니가 허리를 구부리시면 지팡이도 작아지고,

어머니가 앉으시면 지팡이가 더욱 작아지는 것입니다.

심지어, 등을 긁으려면 지팡이가 알아서 휘어지고,

멀리 떨어진 물건을 집으려면

지팡이가 쭈~욱 늘어나는 것이었습니다.

18

세월은 흘러

어머니는 칠순을 넘어섰고,

혼자 있는 시간이 많아졌습니다.

주막 뒷방에 앉아서

멀리서나마 손님이 오가는 모습만 지켜보았습니다.

영식이는 바쁜 일로 인하여

어머니의 말동무가 되지 못하는 것을 안타까워했습니다.

또 다른 3년이 되는 날,

영식이는 지팡이를 보며 기도를 했습니다.

"우리 어머니가 너무 심심해하시니

어머니의 말동무가 되어 줄 수 있나요?"

영식이는 자기가 생각해도

너무 황당한 소원이라 기대를 하지 않았습니다.

다음 날,

믿기지 않는 신비스런 상황이 벌어졌습니다.

아침 새벽에 지팡이가 문안 인사를 올리는 것이었습니다.

"주인마님, 안녕히 주무셨습니까."

깜짝 놀란 어머니는 눈이 동그래졌습니다.

아침나절에는 오순도순 이야기를 나누어 주고

점심나절에는 즐거운 노래를 불러 주고,

저녁나절에는 옛날이야기도 들려주는 것이었습니다.

이런 신기한 소문이 멀리 펴져

욕심 많은 나라 임금이 알게 되었습니다.

임금은 영식이에게 지팡이를 가져오라고 명령했습니다.

그러나, 말하는 지팡이는 임금에게

"나는 우리 주인님만 깍듯하게 모십니다.

어머니가 건강하고 즐겁게 사시도록 도와드립니다."

욕심꾸러기 임금은 말하는 지팡이가 더욱 탐이 났습니다.

"이 나라의 주인이 바로 나다."

"그러니 영식이도 내 사람이요.

영식이 어머니도 내 사람이요.

당연히 저 지팡이도 내 것이니라."

임금은 영식이와 홀어머니를 옥에 가두고

지팡이를 강제로 가져갔습니다.

그리고 또 3년이 되는 날,

임금은 지팡이에게 명령했습니다.

"나를 영원히 죽지 않게 하거라."

지팡이는 주인이었던 영식이가 아닌

다른 사람이 말하는 소원을 듣게 된 것입니다.

그러나, 다음 날 아침 깜짝스런 일이 벌어졌습니다.

욕심 많고 건강했던 임금이

아무런 이유도 없이 세상을 떠난 것입니다.

영식이가

처음 지팡이를 만들 때,

꿈속에서 '명아주' 나무에게 들었던 이야기를

임금에게 전해 주지 않았던 것입니다.

["주인이 바뀌면, 소원이 정반대로 이루어집니다."]

욕심 많은 임금이

영원히 죽지 않게 해 달라는 것과 정반대로

하루아침에 죽게 된 것입니다.

임금이 떠난 후, 아들이 임금에 오르자
새로운 아들 임금은 아버지의 욕심을
반성하였습니다.
"사람은 죽지 않고, 영원히 살 수는 없다.
모든 어르신들이 살아 계시는 동안만큼이라도
건강하고 즐겁게 지내시도록 하여라."
아들 임금은
효심 가득한 영식에게 벼슬도 하사하고,
명아주 지팡이를 만들도록 하였습니다.
그 후로, 나라에서는 환갑이 되는 노인에게
명아주로 만든 '청려장'이란 지팡이를
나누어 주었다고 합니다.

하늘로 가는 징검다리

오두막

강원도 어느 마을에

서달석이란 할아버지가 살고 있었습니다.

서달석 할아버지는

이웃 주민의 고민거리가 있으면

손발을 걷어붙이고 도와주는

인자하신 동네 어르신이었습니다.

가끔 동네 사람들끼리 싸움이 나면,

서달석 할아버지를 찾아가서

옳고 그름을 판단해 달라고 부탁을 했습니다.

그래서 동네 사람들은 서달석 할아버지를

'서 영감'이라 불렀습니다.

대신, 서 영감이 중재하고 나면

모든 동네 사람이 서 영감의 말을 그대로 따랐고,

이에 대해서 불만을 토로하지 않았습니다.

그런데, 서 영감이 올해 팔순을 넘기면서부터

부쩍 건강이 나빠졌습니다.

허리와 무릎에 고통이 오더니 멀리 나갈 수 없고,

안방에서 누워만 있게 되었습니다.

밥상 앞에 앉아도 밥맛이 없고,

찬물만 자꾸 들이키는 것이었습니다.

결국, 서 영감은 오뉴월 뜨거운 날씨에 정신을 잃고

잠시 혼수상태에 빠지게 되었습니다.

그날 밤,

하얀 옷을 입은 하늘나라 선녀가

서 영감을 구슬프게 부르더니,

서 영감을 데리고

저승길 징검다리를 건너

옥황상제 앞으로 데리고 갔습니다.

옥황상제는 사람이 죽으면 이승에서 살아온 행실을 보고

착한 사람은 천국으로 보내 주고,

악한 사람은 지옥으로 보내 버리는데

착하지도 않고, 그렇다고 악하지도 않은 사람은

'연옥'이란 곳에 머물게 하여

차츰 수련도 시키고

속세의 잘못을 정화시키는 시간을 보낸 다음,

다시 판단을 받도록 하였습니다.

옥황상제는 서 영감을 며칠 동안 연옥에 머물게 하고

좀 더 지켜보기로 했습니다.

삼 일이 지나도 천국과 지옥을 판단할 수 없게 되자,

옥황상제는 서 영감을 불러서 이야기를 했습니다.

"너의 세 가지 소원을 들어주겠노라."

"다시 사람들이 사는 이승에 가서

필요할 때마다 세 가지 소원을 잘 사용하여

착한 일을 하고 오너라."

"앞으로 너의 행실을 보고

천국에 보낼지 지옥에 보낼지 판단하겠노라."

서 영감은 며칠 혼수상태에 빠졌다가

다시 건강을 회복하기 시작했습니다.

날씨도 선선해지고 쌀죽도 먹더니

예전처럼 일상생활이 가능해졌습니다.

그리고, 마을 사람끼리 싸우면

또다시 서 영감을 찾아왔습니다.

'이제는 더욱 신중하고 더욱 착한 일을 해야만 되지.

그래야, 나중에 옥황상제께서 천국에 보내 주실 거야.'

서 영감은 생각했습니다.

보름이 지나고,

논에 추수할 때가 가까워지자,

동네에 알쏭달쏭한 사건이 자주 발생하였습니다.

누구 말이 맞는지 애매모호한 사건이라서

동네 사람들은 두 갈래로 나뉘어

서로 자기네가 맞다고 하고는

매일 서 영감네 집 앞으로 몰려와서 싸우곤 하였습니다.

서 영감은 누가 옳고 누가 그른지 말할 수가 없었고,

잘못 말했다가는 차라리 옥황상제에게

벌을 받을까 두려워졌습니다.

서 영감은 동네 사람들의 아우성을 듣고 싶지 않았습니다.

"옥황상제님,

차라리 동네 사람들끼리 싸우는 소리가

들리지 않도록 해 주세요."

서 영감은 애원하듯 중얼거렸습니다.

서 영감이 하늘을 보고

그렇게 기도를 하자,

정말 서 영감의 귀가 먹먹해지고는

점차 약하게 들리는 것이었습니다.

서 영감은 귀가 잘 들리지 않는 것이

차라리 잘되었다고 생각했습니다.

한 달쯤 지나고, 추석이 가까워졌습니다.

윗집에 사는 강씨네는 아들이 장원 급제하였다고

동네방네 자랑을 하고 다녔습니다.

그러자, 아랫집에 사는 최씨는

자기 딸이 건너 마을 만석꾼과 결혼해서

떵떵거리며 살고 있다고 허풍 떨며 잔치를 벌였습니다.

그러나, 우리 서 영감은

그동안 남에게 봉사만 하고

힘든 일이 생기면

제일 먼저 달려가서 도와주다 보니

살림살이가 아슬아슬하고,

자식들도 아버지를 따라서 착하게만 살다 보니

크게 출세하지 못했습니다.

서 영감은 조금 서글퍼지고,

이웃집이 얄밉게 느껴졌습니다.

그렇다고, 이웃 사람을 욕할 수도 없고

질투할 수도 없었습니다.

왜냐하면, 몇 달이 지나면 옥황상제 앞에 가서

다시 심판을 받아야 했기 때문입니다.

"옥황상제님,

차라리 이웃의 잘난 체하는 행동이

내 눈에 보이지 않게 해 주세요."

그렇게 기도를 하자,

서 영감의 눈이 갑자기 침침해지고

가까운 곳은 차츰 보이지 않은 것이었습니다.

서 영감은 눈이 침침해진 것이

차라리 잘되었다고 생각했습니다.

그 후, 찬바람이 불고 눈이 내리는 겨울이 찾아왔습니다.

동네 사람들은 건넌방에 모여 밤과 고구마도 구워 먹고,

화투놀이도 하고 지냈습니다.

나이가 팔십이 넘는 동네 할아버지들은

따로 사랑방에 모여 앉아 지난 이야기를 나누었습니다.

"옛날엔 나도 한가락 했어.

그땐 내가 한손으로 황소를 때려눕혔지."

그 옆에서 듣고 있던 황씨 노인은

"난, 지난 보릿고개 시절에

아랫동네, 윗동네 집집마다 쌀 한 가마니씩 나누어 줬지."

라며 거짓말로 큰소리를 쳤습니다.

서 영감은

동네 할아버지들의 허풍 소리가

가소롭게 들렸습니다.

얼마 후면

동네 할아버지 모두가

옥황상제 앞에서

심판을 받을 텐데 걱정이 되었습니다.

마음 착하고 동네 이웃을 먼저 생각하는 서 영감은

눈을 감고 중얼거렸습니다.

"옥황상제님, 차라리 우리 같은 노인들 모두에게

옛 기억을 잊게 해 주세요."

"그래야, 허풍도 없어지고 잡념도 사라져서

남은 인생 평온하게 살 수 있습니다."

그러자, 서 영감을 포함해서

모든 노인의 기억이 흐려지게 되었습니다.

세월이 흘러서 해가 바뀌었습니다.

서 영감은 귀가 잘 안 들리게 되었고,

눈도 침침해졌고, 기억력도 약해지고

건강도 안 좋아지더니

봄이 오기 전에 숨을 거두셨습니다.

그리고,

하늘의 부름에 따라

다시 옥황상제 앞에 불려갔습니다.

서 영감은 옥황상제 앞에서

고개를 떨구고

힘없이 이야기를 하였습니다.

"옥황상제님께서 저에게 사람들이 사는 이승에 가서

지은 죄를 씻고, 반성하고 오라 하셨습니다."

"그리고, 제게 세 가지 소원을 주셨는데,

좋은 데 쓰지 못하고 보잘것없이 다시 왔습니다."

서 영감은 옥황상제로부터

꾸지람을 받을 거라고 자포자기했습니다.

46

그런데, 옥황상제께서 뜻밖의 이야기를 하셨습니다.

"사람은 누구나 나이가 들면 자기 자랑만 하고,

남에게 지기를 싫어하고,

옛날 잡생각에 고민이 쌓이기 마련이다."

"남의 허물 좋은 소리는

가급적 듣지 않는 게 좋으니라."

"세상사 꼴 보기 싫은 것은

차라리 안 보는 게 좋으니라."

"나이 들어 옛날 잡생각은

차츰 잊어버리는 게 좋으니라."

"네가 말한 세 가지 소원은

온 세상 사람들에게 가장 필요한 조치였다."

옥황상제는 세상을 옳게 바라본

서 영감을 천국으로 보냈습니다.

그리고, 이승에 사는 모든 사람들에게

서 영감의 세 가지 소원을

다 같게 적용하도록 했습니다.

그 후, 사람들은 나이가 들면

귀가 멀어지고,

눈이 침침해지고,

기억력도 차츰 희미해졌다고 합니다.

방구도사

원두막

어느 산골 마을에

유난히 귀가 커다란 사내아이가 태어났습니다.

동네 사람들은

세상의 모든 소리를 들을 수 있을 거라며

이 아이를 '대청'이라 불렀습니다.

아이는 귀가 커서

하늘 높이 나는 새 울음소리도 들리고,

이웃 동네에 있는 냇가의 물 흐르는 소리도

들을 수 있었습니다.

세월이 흘러 대청이가 다섯 살이 되자

바람에 스치는 나뭇가지 소리를 들으면

그게 어떤 나무인지를 정확하게 맞추는

신비스런 일들이 벌어지기 시작하였습니다.

어느덧 10년이란 세월이 흐르더니

더욱 기이한 사건이 벌어졌습니다.

대청이가 누군가 방구를 끼면

방구를 뀐 그 사람이 어떤 생각을 하는지

알아맞히는 것이었습니다.

아이들이 똥이 마려워서 끼는 방구 소리는

"뿡~."

'엄마~ 나 똥 마려워요. 빨리 와 보세요.'

할아버지가 엉덩이를 들면서

힘주어 뀌는 방구 소리는

"빵~."

'어흠, 이래 봬도 내가 이 집 최고 어른이다.

나를 알아봐 주거라.'

새색시가 몰래 뀌는 방구 소리는

"뽀~옹."

'아휴, 수줍어요.

누가 들을까 걱정되고 조마조마해요.'

하루는 낯선 도둑놈이 몰래 닭장에 들어왔습니다.

도둑은 이상하게도 힘이 없어 보였고

암탉을 잡으려다가 그만 쓰러지고 말았습니다.

결국 도둑은 닭장 속에서 주인한테 잡혀 버렸습니다.

주인은 도둑에게

왜 남의 닭을 잡아 가려는지 물어보았습니다.

그러나, 도둑은 아무 소리를 하지 않고

그냥 잘못했다고 빌기만 하였습니다.

주인이 다그쳐도

어디 사는지

왜 들어왔는지

도대체 입을 열지 않았습니다.

하는 수 없이 주인은

방구 소리의 천재, '대청' 소년을 불렀습니다.

대청은 집에서 가지고 온

삶은 고구마와 냉수 한 컵을

배고픈 도둑에게 주었습니다.

대청이는 도둑 옆에서 한나절을 기다리다가

드디어 도둑의 방구 소리를 들었습니다.

"뿌~웅.", "피~식."

대청이는 방구 소리로 도둑의 생각을 알았습니다.

'우리 아이들이 굶어서 학교도 못 가고

집에만 누워 있는 게 불쌍해서 도둑질을 했습니다.'

도둑의 방구 소리를 듣고

도둑의 속마음을 전해 들은 주인은

"가난은 나라 임금도 어찌할 수 없는 것.

쯧쯧, 불쌍하구나. 닭을 가져가거라.

어서 배고픈 아이들에게 닭죽이라도 끓여 주거라."

햇빛이 따스하게 내려 쬐이는 봄날,

대청이는 읍내 장날이 열리자

장터에 구경을 갔습니다.

보릿고개 시절이라서

장 보러 나온 읍내 사람들은 배가 고픈지

국수집 앞에 옹기종기 모여서

서성거리고 있었습니다.

잠시 후,

국수집 근처에 몰려 있는 많은 장터 주민이

배를 쓸어내렸습니다.

그러더니 이곳저곳에서 방구 소리가 들려왔습니다.

대청이가 갑자기 두 손으로 자기 귀를 막았습니다.

꼬르륵

꼬르륵

꼬르륵

'아~ 배고프다. 국수 먹을 돈이 없네.'

'국수 한 그릇 시켜 먹은 후 주인 몰래 도망칠까.'

'손님이 먹다 남은 국수 국물이라도 훔쳐 먹을까.'

장터 주민의 속마음을 알아차린

대청이는 귀를 막고는 도망치듯 빠져나왔습니다.

세월이 흘러 대청이가

80세 할아버지가 되어

생일잔치가 벌어졌습니다.

아들딸 다섯에 손주까지 합하여

서른 명이 모였습니다.

잔치가 벌어지자,

온 가족과 동네 사람들이

돼지고기에 막걸리를 한 사발씩 마시고는

흥얼흥얼 노래도 불렀고,

아들딸들은 피곤한지

마당에서 꾸벅꾸벅 잠이 들었습니다.

그런데 얼마 지나지 않아

여기저기서 방구 소리가 들려오기 시작했습니다.

첫째 딸, 방귀 소리를 들어 보니
'우리 아버지 정신이 깜빡깜빡하시네.
엉뚱한 잔소리에 이젠 지쳤어.'

둘째 아들, 방귀 소리를 들어 보니
'이제 망령이 드셨나 봐.
밥을 먹다가 땅바닥에 자꾸 흘려서 냄새가 나네.'

셋째 사위, 방구 소리를 들어 보니
'내 자식 돌보기도 힘든데
아버님이 용돈 달라시면 어쩌지.'

대청이 할아버지 아들딸들은
입으로 이야기하지는 않았지만,
잠결에 쏟아지는 방구 소리 때문에
자식들의 속마음은
대청 할아버지에게
모두 들켜 버리고 말았습니다.

대청 할아버지는 자식들의 방구 소리가

괘씸도 하고 한편으론 서글퍼져서

자신도 모르게 눈물이 흘러내렸습니다.

고개 들어 슬그머니 하늘을 보았습니다.

오전 나절 맑았던 하늘엔

서서히 먹구름이 몰려오고

이름 모를 새들은 집 찾아가려고

짹짹거리고 있었습니다.

이웃집 아주머니가

귀가 다시 맑아진다는 보약을 한 채 지어 왔습니다.

대청 할아버지는

보약을 한참 내려다보고는

하염없이 눈물만 흘렸습니다.

"내가 다시 방구 소리를 들을 수 있다한들 무엇 하리."

"험한 세상 서민의 고통의 소리를 들었다 한들

그 또한 어찌하리."

"자식들의 진심 어린 속마음은 안 들은 만 못하구나."

다음 날, 대청 할아버지는 하얀 두루마기를 입고

깊은 산골짜기로 들어갔습니다.

대청 할아버지는

속세의 신음 소리가 들리지 않기를 바랐습니다.

자식들은 대청 할아버지를 찾으러

깊은 산속 골짜기까지 들어갔습니다.

"아버지~~~!"

"할아버지~~~!"

하지만, 대청 할아버지는 되돌아보지 않았습니다.

다만, 들려오는 소리를

자그마한 목소리로 되읊을 뿐이었습니다.

"아버지~~~!"   "할아버지~~~!"

자식들의 외침 소리에 되돌아오는 건
"아버지~! 할아버지~!"

대청 할아버지의 작은 되읊는 소리뿐이었습니다.
되돌아오는 산울림은
자그마하고 슬프게 들려옵니다.
천년이 흘러도 산울림은
작게 들릴 뿐 영원히 없어지지는 않을 것입니다.

까치밥

오두막

경상도 산 좋고 물 맑은 시골 마을에

한씨 할아버지가 살고 계셨습니다.

한씨네 담벼락에는 감나무 한 그루가 있었는데

가을이 되면,

한씨네 가족은 모두 모여서

노랗게 익은 맛있는 감을 먹을 수 있었습니다.

어느 날, 한씨 손자가 읍내에 갔다 오더니
이상한 물건을 하나 가지고 왔습니다.
"할아버지, 읍내 옷가게가 문을 닫았는데
예쁘게 생겨서 들고 왔어요."
그건 다름 아닌 옷가게에서 사용했던
'마네킹'이었습니다.
한씨 할아버지는 예쁘게 생긴 마네킹을
감나무 옆에 세워 놓았습니다.

길고 추운 겨울이 지나가자,

손자는 마네킹을 깨끗하게 닦고

예쁜 옷도 걸쳐 주었습니다.

마네킹은 기분이 좋아졌고,

옆에 있는 감나무에게 말을 건넸습니다.

"감나무야, 우리 주인은 나를 너무 예뻐하신단다.

매일 오가며 나만 쳐다보며 웃고, 너에겐 관심도 없지."

감나무는 미소를 지으며, 조심스레 대꾸를 했습니다.

"기다려 봐.

나도 언젠가는 예쁘게 단장해서

주인을 웃게 만들 거야."

한 달이 지나고 따스한 봄날이 되자,

감나무에 예쁜 꽃이 피었습니다.

한씨 할아버지는 일 년 만에 피는

예쁜 감나무 꽃을 보며 미소를 지었습니다.

"와, 반갑다.

매년 보지만 감나무 꽃은 보면 볼수록 아름다워.

손주놈에게 감꽃 목걸이를 만들어 주어야겠다."

한씨 할아버지는

마네킹보다 감나무 꽃에 관심을 가졌습니다.

"흥~. 나보다 감나무를 더 좋아하시네. 두고 보자~!"

마네킹은 씩씩거렸습니다.

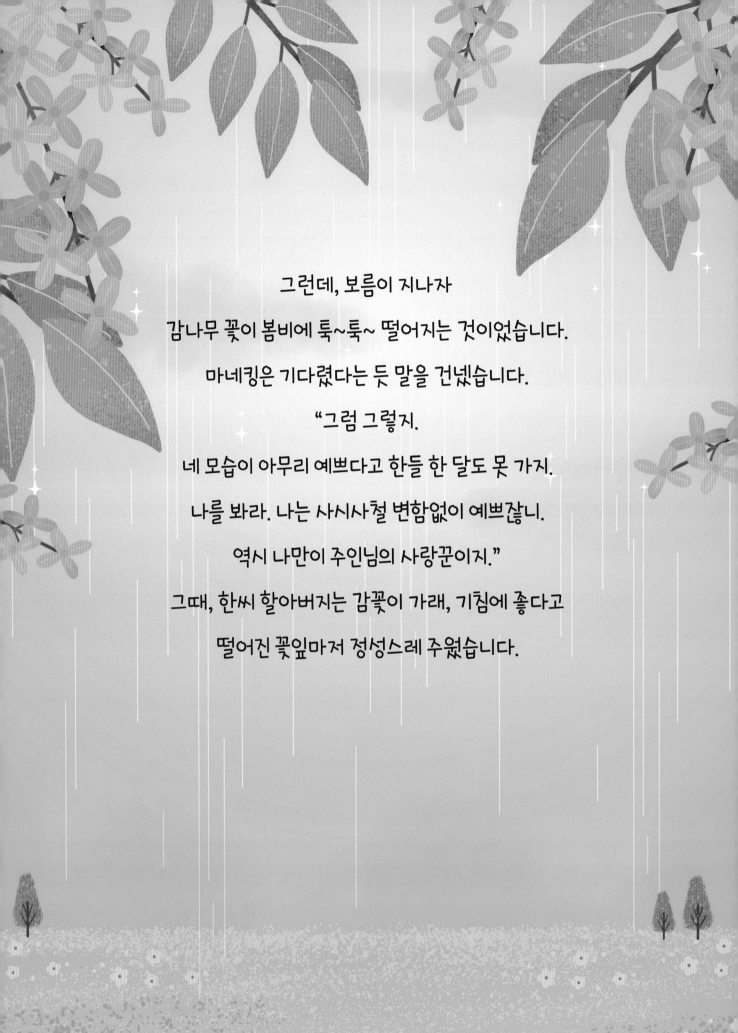

그런데, 보름이 지나자

감나무 꽃이 봄비에 툭~툭~ 떨어지는 것이었습니다.

마네킹은 기다렸다는 듯 말을 건넸습니다.

"그럼 그렇지.

네 모습이 아무리 예쁘다고 한들 한 달도 못 가지.

나를 봐라. 나는 사시사철 변함없이 예쁘잖니.

역시 나만이 주인님의 사랑꾼이지."

그때, 한씨 할아버지는 감꽃이 가래, 기침에 좋다고

떨어진 꽃잎마저 정성스레 주웠습니다.

한두 달이 지나고,

감나무는 산에서 내려오는 맑은 물을 마시고,

따사로운 햇빛을 쬐더니,

감나무에 달콤한 열매가 열리기 시작하였습니다.

한씨 할아버지는

감이 먹음직스럽게 노랗게 익어 가자,

싱글벙글 좋아하셨습니다.

"우리 손주들이 좋아하겠구나.

한 바구니는 이웃집에도 나누어 주자."

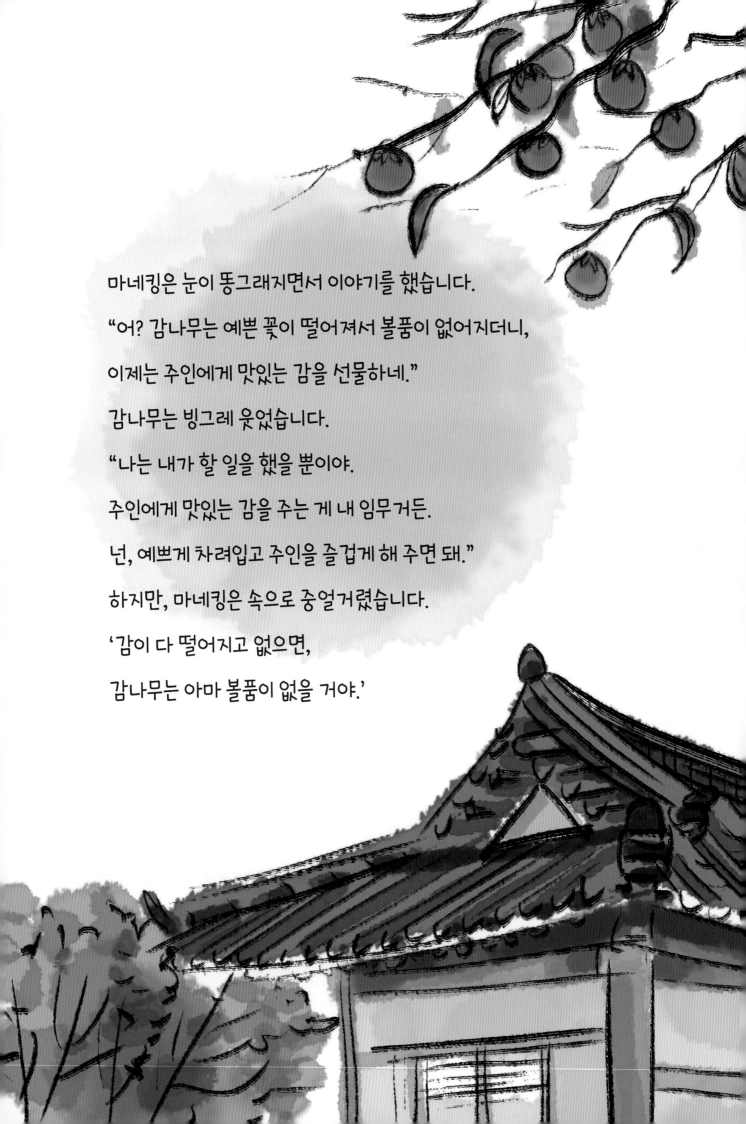

마네킹은 눈이 똥그래지면서 이야기를 했습니다.

"어? 감나무는 예쁜 꽃이 떨어져서 볼품이 없어지더니,

이제는 주인에게 맛있는 감을 선물하네."

감나무는 빙그레 웃었습니다.

"나는 내가 할 일을 했을 뿐이야.

주인에게 맛있는 감을 주는 게 내 임무거든.

넌, 예쁘게 차려입고 주인을 즐겁게 해 주면 돼."

하지만, 마네킹은 속으로 중얼거렸습니다.

'감이 다 떨어지고 없으면,

감나무는 아마 볼품이 없을 거야.'

한씨 할아버지는 손에 닿는 모든 감을 따서

바구니에 담았습니다.

"요만큼은 깎아서 곶감을 만들어야겠다.

이번 겨울에도 손주놈들의 간식거리로는 최고지."

감나무의 감은 거의 다 따고

나무 꼭대기에 딸 수 없는 감 서너 개만 매달려 있습니다.

마네킹은 슬그머니 웃으며

감나무에게 이야기를 건넸습니다.

"감나무야, 이제 네 할 일은 끝났나 보구나.

꼭대기에 매달린 것은 주인도 필요 없다고 한단다."

마네킹은 거들먹거렸습니다.

다음 날,

좋은 소식을 전해 준다는 까치 두 마리가 날아오더니

감나무 꼭대기에 달린 감을 쪼아 먹기 시작하였습니다.

감나무는 말했습니다.

"나는 주인님에게 맛있는 감을 드리고,

주인님은 하늘을 나는 까치에게도 먹을 것을 나누어 주지."

"우리는 그걸 '까치밥'이라고 한단다."

"나는 모든 사람들에게 맛있는 감을 나누어 주고,

보잘것없는 새들에게도 행복을 준단다."

며칠이 지나고

모든 감이 다 떨어지고 없게 되자

마네킹은 이야기했습니다.

"이제 네 놈도 보잘것없구나."

"오늘부터는

주인님이 나의 예쁜 모습만 보고 좋아하실 거야."

"넌 이제 끝이야."

마네킹은 감나무를 보고 비웃었습니다.

다음 날,

까치가 쪼아 먹고 남은 감나무 씨앗이

땅에 떨어졌습니다.

감나무 씨앗은 땅속에 묻히고

깊은 겨울잠을 잤습니다.

따스한 봄날이 되자,

감나무 씨앗은 푸른 새싹으로 자라났고,

살포시 땅을 헤집고 올라왔습니다.

감나무는 빙그레 웃으며 마네킹에게 이야기를 했습니다.

"마네킹아 보아라. 너는 생명이 없는 조각품이야."

"우리 감나무는 너보다 예쁘진 않아도

주인님에게 여러 가지 선물을 드릴 수 있단다."

마네킹은 고개를 숙였습니다.

그해, 여름날 마네킹은

많은 비와 뜨거운 햇빛을 견디지 못하고

어깨가 갈라졌습니다.

어느 날, 마네킹은 보이질 않았습니다.

감나무는 예쁜 꽃을 피워

주인의 눈을 즐겁게 하고,

맛있는 감과 곶감을 선물하여

주인의 입을 즐겁게 하고,

까치에게도 먹을 식량을 나누어 줍니다.

감나무처럼 우리 어르신들도

하늘의 뜻에 따라서 수십 년을 살아오면서

이웃을 즐겁게 하였고,

아들, 딸, 손주, 증손주 등 새로운 생명을 태어나게 하신

위대한 존재입니다.

빨간 우체통

원두막

어느 마을에 70대 중반의 박씨 노부부가

자그만 김밥집을 운영하고 있었습니다.

박씨 부부는 부지런했고,

항상 긍정적이며

감사하는 마음가짐으로 살아왔습니다.

매일 저녁때가 되면

김밥을 둘~둘~ 말아

배고픈 고아원에 전달하는 고마운 부부입니다.

어느 날

박씨네 김밥집 앞에

빨간 우체통이 세워졌고

우체통을 오가는 주민들을 위해

빨간 우체통 옆에는

가로등이 세워져

주위를 환하게 비춰 주었습니다.

박씨 부부는 빨간 우체통이 있기에

가게 앞의 세상이 밝아졌고

그 덕분에 오고 가는 손님이 많아서

장사가 잘된다고 생각했습니다.

박씨 부부는 빨간 우체통에

감사하는 마음으로 매일 아침저녁으로 깨끗이 닦았습니다.

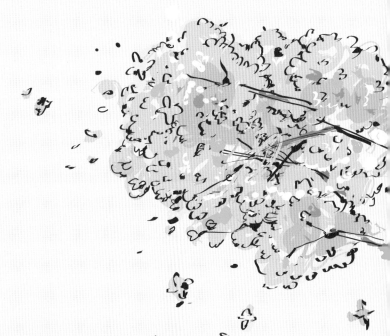

빨간 우체통은 반짝반짝 윤기가 흘렀고,

박씨 부부는 우체통 머리맡에

'빨간 날개의 천사'란 이름표도 붙여 주었습니다.

덕분에 주민들도 편지를 부칠 때마다

행운이 오리라며 밝은 미소를 지었습니다.

89

'빨간 날개의 천사'란 이름을 붙여 주고
한 달이 지났을 무렵,
박씨네 김밥집에
주인 없는 편지 한 통이 날아왔습니다.

"감사합니다.
그대들이 매일 닦아 주었기에
나의 모습이 아름다워졌고,
주민들도 나를 만날 때마다
밝은 미소를 지어 주어
요즘 나는 너무 행복합니다."

"고마운 당신에게
하얀 편지지 3장을 드립니다.
이 편지지에
이루고 싶은 소원을 글로 써서
빨간 우체통에 넣으면
소원이 이루어질 것입니다."

— 빨간 날개의 천사 올림 —

박씨 부부는 깜짝 놀랐고,

빨간 우체통을 신기하게 바라보았습니다.

박 씨 부부는

'우리가 70년을 살아오면서

지금처럼 행복한 것만도 감사한데

무엇을 더 바라겠소.

일을 많이 해서

팔다리가 쑤시고 아픈데

이런 고통만 없으면

더 바랄 것이 없겠소.'라고 생각했습니다.

박씨 부부는 편지지에

"좀 더 건강해져서
남을 위해 봉사를 더 많이 할 수 있었으면 좋겠습니다."

이렇게 정성스레 쓰곤

빨간 우체통에 넣었습니다.

과연 소원이 정말로 이루어질까요?

박씨 노부부는

빨간 우체통에 입을 맞추었습니다.

박씨 부부는 편지를 써서 보낸 것만으로도

마음이 상쾌해지고 기운이 펄펄 났습니다.

다음 날 아침,

서로 부축해야만 일어날 수 있던 박씨 부부가

침대에서 혼자 벌떡 일어나 앉게 되었고,

허리와 무릎의 통증이 없어지더니,

기분도 상쾌해지고 입가에 미소가 가득하였습니다.

94

"여보, 신기하구려.

빨간 우체통이 정말 우리의 소원을 들어주었나 보오."

"팔다리가 왕성해졌으니,

불우한 이웃을 더 많이 도울 수 있게 되었네요."

박씨 노부부는 몸이 건강해지자마자

남을 도울 수 있게 된 것에 먼저 감사했습니다.

며칠이 지난 후,

박씨 노부부는 빨간 우체통을 바라보며 이야기했습니다.

"여보, 우리 몸도 건강해졌고,

우리가 무엇을 더 바라겠소."

"소원을 적을 편지지 두 장이 남아 있는데

무엇을 적을까요?"

"글쎄요.

돈이 많이 있으면

고아원 아이들에게 더 많은 걸 줄 수 있지 않을까요?"

"아~ 그렇겠네요.

역시 돈이 많아야 남들을 더 많이 도와주겠군요."

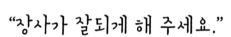

"장사가 잘되게 해 주세요."

박씨 부부는 편지지에 소원을 적어

빨간 우체통에 넣고, 두 손 모아 기도를 하였습니다.

다음 날 아침,

박씨 부부는 또 한 번 깜짝 놀랐습니다.

아침 새벽부터

김밥집 앞에는

김밥을 사려는 손님이

구름처럼 몰려들었고,

신바람이 난 박씨 부부는

힘이 들어도 행복했고

금고에도 돈이 흘러넘쳤습니다.

박씨 부부는 고아원에 김밥을 더 많이 기부하였고,

경로당 노인들에도 지원하였으며

동네 주민들을 초청하여 매일 잔치도 베풀어 주었습니다.

그런데, 매일 주고받는 술잔에 기력이 점차 혼미해지고,

박씨는 흥청망청 돈을 뿌렸으며,

심지어는 도박에 빠져들어

행복했던 박씨 부부는

하루가 멀다 하고 부부싸움을 하게 되었습니다.

이런 소문은 동네 주민에게 흘러 들어갔고

김밥집 손님이 급격히 줄어들더니

결국에는 가게 문을 닫게 되었습니다.

박씨 노부부는

빨간 우체통 옆에 앉아서

서로를 탓하며 언성을 높였습니다.

"당신이 돈에 눈이 멀어 이 꼴이 되었잖아요."

부인은 남편에게 질책을 하였습니다.

"당신도 내가 흥청망청할 때,

가만히 보고만 있었으니 누굴 탓하겠소."

박씨는 부인을 원망하며 고개를 돌렸습니다.

지나가던 주민들은 부부싸움을 지켜보며,

안타까워 쑤군거렸습니다.

"박씨 부부는 천성이 착한데,

결국 돈 욕심이 사람을 망치게 하는군요."

그때였습니다.

가로등에 비친 빨간 우체통이 유난히 반짝이고

나를 보란 듯 두 손을 흔드는 것 같았습니다.

박씨 부부는 무릎을 치며 소리쳤습니다.

"아하, 우리에게 소원 편지지 한 장이 더 있지 않소."

박씨 부부는

하얀 편지지에

정성스럽게 한 자 한 자 적었습니다.

"우리 부부, 옛날처럼 행복하게

오손도손 살 수 있게 해 주세요."

그리하곤 박씨 부부는 두 손을 마주잡고

서로를 배려하기로 하였습니다.

다음 날부터

박씨 부부는 김밥집을 깨끗이 청소도 하고,

즐겁게 손님을 맞이했으며,

가로등 아래 빨간 우체통도 정성스럽게 매일 닦아 주었습니다.

하루하루

박씨 부부는 옛날의 행복한 미소를 되찾아 갔고,

하늘의 검은 구름은 걷히고 환한 햇살이 비추었습니다.

며칠 후,

박씨 부부 김밥집에 또 한 통의 편지가 날아왔습니다.

"그대들이 이름 지어 준 '빨간 날개의 천사'는
하늘이 내려 주신 기적이 아닙니다.
사람들은 누구나 마음먹기 나름이며,
또한 행한 대로 이루어지는 것입니다.
그대들은 이루고 싶은 소원을 적었지만,
그 소원이 이루어지길 바라는 마음을 가지고
성실히 살아왔기 때문에 이루어진 것입니다.
그대들은 항상 감사하는 마음으로 살아왔으니
천사는 내가 아니고, 바로 그대들이 천사입니다."

- 빨간 날개의 천사 올림 -

박씨 부부는

지난 세 번의 소원 내용을 곰곰이 되새겨 보았습니다.

첫 번째, 몸과 마음을 건강하게 해 주세요.

"아하, 우리가 건강해질 수 있다는 믿음을 갖고

밝게 행동을 하니까 결국 자연스럽게 건강해지고

정신도 맑아졌나 보구려."

두 번째, 돈을 많이 벌게 해 주세요.

"그래, 돈을 벌게 해 달라는 소원을 믿고

손님을 즐겁게 맞이하고, 더욱 열심히 일을 하니까

돈도 자연스레 많이 벌 수 있었나 보구려."

세 번째, 우리 부부 싸우지 말고 예전처럼 행복하게 해 주세요.

"부부가 서로 이해하고자 하는 마음을 갖고

서로를 배려하고자 부드럽게 행동하였으니

우리가 자연스럽게 화해할 수 있었나 보구려."

사람들은 이루고 싶은 마음을 갖고

열심히 일하면 안 되는 것이 없습니다.

"지나간 70년 세월 동안

느끼지 못한 것을 이제야 배우게 되었구려."

미국의 우체통은 파랑, 프랑스는 노랑, 중국은 초록,

우리나라 우체통은 '사랑'을 표현하는 '빨강'입니다.

"우리의 남은 여생을 '사랑'으로 가득 채워 갑시다."

박씨 부부는 빨간 우체통을 바라보며

빙그레 웃었습니다.

109

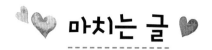

♥ 마치는 글 ♥

우리 모두는

하늘나라에서 내려와

이 세상에서 한 백 년을 살다가

다시 하늘나라로 올라갑니다.

우리 모두는

어릴 적, 동화책을 통해 꿈과 희망을 키웠고,

그 뜻을 펼치고 도전하다가

어느덧 지나간 추억을 그리며 마무리합니다.

동화 속, 왕자가 나타나서 악당을 물리치고,

동화 속, 공주가 아름다운 사랑을 나누면서

우리 모두는 동화 같은 세상에서 살기를 원했고,

한 백 년 소풍 왔다가 긴 여운을 남기고 떠나갑니다.

이렇게 동화(童話)는 우리의 삶을 풍족하게 만들어 주고

어린이에게 꿈과 희망을 심어 주며,

상상력을 발휘하여 창의성을 높여 줍니다.

어르신에게 들려드린 몇 편의 동화(憧話)가

어르신들이 지나온 과거를 회상하고

아름다운 추억을 떠올리게 함으로써

어르신들의 남은 삶이 조금이나마 아름답게 꾸며지셨기를 바랍니다.

저자도 후손들이 들려주는 어르신 동화(憧話)의 독자가 되어

저의 삶에 따스한 감성이 스며들기를 기대해 봅니다.

- 원두막/오두막 -

공동저자 원종성 · 오형숙

성균관대학원 경제학 석사

前 대한노인회 정보위원

노인용 특수키보드 특허 등록

치매어르신 위치추적 양방향 관리시스템 특허 등록

어르신구연동화프로그램 저작권 등록

인공지능(AI) 기반 치매관리시스템 특허 출원

노인장기요양보험제도 10주년 보건복지부장관 표창

건강보험공단 우수아이디어공모 [대상] 수상

건강보험공단 최우수기관 선정

現 고양화정요양원장

現 한국시니어프로그램협회장

저서 : 『요양원의 365일』, 『요양원 일기』 등

어르신을 위한
동화 세상 (상)

ⓒ 원종성 · 오형숙, 2024

초판 1쇄 발행 2024년 3월 3일

지은이	원종성 · 오형숙
펴낸이	이기봉
편집	좋은땅 편집팀
펴낸곳	도서출판 좋은땅
주소	서울특별시 마포구 양화로12길 26 지월드빌딩 (서교동 395-7)
전화	02)374-8616~7
팩스	02)374-8614
이메일	gworldbook@naver.com
홈페이지	www.g-world.co.kr

ISBN   979-11-388-2809-3 (04810)
        979-11-388-2808-6 (세트)